Tereza de Castro Callado

O Conto da Cidade de Cristal

escrituras
São Paulo, 2018

Copyright do texto e das imagens ©2018 Tereza de Castro Callado
Copyright da edição ©2018 Escrituras Editora

Todos os direitos desta edição reservados à
Escrituras Editora e Distribuidora de Livros Ltda.
Rua Maestro Callia, 123 – Vila Mariana
São Paulo – SP – 04012-100
Tel.: (11) 5904-4499 / Fax: (11) 5904-4495
escrituras@escrituras.com.br
www.escrituras.com.br

Diretor editorial: Raimundo Gadelha
Coordenação editorial: Luis Sergio Santos e Mariana Cardoso
Assistente editorial: Karen Suguira
Capa: Mateus Gonçalves de Medeiros
Impressão: EGB

Dados Internacionais de Catalogação na Publicação (CIP)
(Câmara Brasileira do Livro, SP, Brasil)

Callado, Tereza de Castro
O Conto da Cidade de Cristal / Tereza de Castro
Callado. – São Paulo: Escrituras Editora, 2018.

ISBN 978-85-7531-780-8

1. Contos brasileiros. Título.

18-13818   CDD-869.3

Índices para catálogo sistemático:

1. Contos: Literatura brasileira   869.3

Impresso no Brasil
Printed in Brazil

Aos meus pais.

*Ao Paulo Sérgio, Daniela, Marcelo, Arthur
e aos meus netos Clarissa Emília e Jairo
Benjamin de Castro-Becker, Mariana e
Nicholas Guimarães Callado.*

"... a humanidade se prepara, se necessário, para sobreviver à cultura."

SUMÁRIO

Apresentação, 11
O Conto da Cidade de Cristal, 15
Sobre a autora, 78

APRESENTAÇÃO

"Era viver um retalho de infância, o aconchego de coisa conhecida". Essa frase dá-nos bem o sentimento da leitura de O conto da cidade de cristal, de Tereza de Castro Callado. Com uma linguagem entre luminosa e rural, poética e cristalina, a escritora traz para perto de nós um mundo íntimo de camaradagem e afetos protagonizado por dois amigos: João e Zequinha. Ambos meninos do sertão, têm vidas e destinos diferentes: um fica, o outro parte. E será no reencontro que o bom tempo sempre promove, que as histórias vão se reencontrar e reelaborar um passado de lembranças rurais e fraternas. Por meio dessa rememoração, somos guiados para lugares que resgatam uma infância compartilhada por nós que trilhamos os caminhos do Ceará, *para sabores de uma época perdida, brincadeiras, trabalhos etc. Uma vida que formou os meninos na colheita, no cuidado com o gado, nos banhos de chuva, nos medos e assombrações.*

Entre as lembranças, tem início a narração de um possível sonho ou vivência extraordinária, em que um dos amigos se perde num túnel de cacto e sua vida aparta-se do tempo real. Esse episódio, de caráter mágico, faz a narrativa de Tereza se aproximar de uma vertente da literatura, na qual o real perde seu qualitativo de presente e ausenta-se momentaneamente do encadeamento sucessivo de fatos. A experiência, essa mesma, transfigurada e transfigurante, passa a ser a única realidade possível, por mais extraordinária que seja. São caminhos abertos por Calvino, Borges e, em terras nacionais, por nosso querido Rosa. Com este último o texto tem especial afinidade, pois o uso da língua, nesse belo livro, tem um quê rosiano de exploração dos escondidos da língua, daquilo que só se pode ouvir quando d(i)estorcemos as palavras. É uma narrativa que se deita no papel como os meninos se jogam no chão pra apreciar um céu estrelado. Por isso, a beleza da história contada tanto está na surpresa dos acontecimentos imprevistos como na linguagem escorreita, intrépida como um riacho cheio de bons declives, que faz a água ter mais vida.

Ao percorrer esse túnel, que também se aproxima da experiência de Alice, situações diversas se avolumam e uma boa história da humanidade é recontada em metáforas, mas a passagem da vital natureza para a frieza do mundo vitrificado seja o trabalho maior que a autora desenvolve.

Na alegoria que cria para trazer o real para perto de si em sua verdadeira dimensão, deformando-o, O conto da cidade de cristal *é uma história de verdades-mentiras, jogo de esconde-revela que nos aproxima da consciência da necessidade de uma real fraternidade entre os homens e que, ao final, não se salve somente um.*

Sarah Diva Ipiranga
Doutora em Literatura

O CONTO DA CIDADE DE CRISTAL

— Chegou o pintooooor! — gritam os meninos, como que magnetizados. Visita de alguém àquelas paragens era novidade. A algazarra atrai os de casa, de onde se precipita o anfitrião.

— Vim buscar sua imagem! — Diz em tom brincalhão o recém-chegado.

— Imagem ou miragem? — Pergunta João, entrando no jogo no outro. — Dá cá um abraço! — E enlaça espontaneamente o ombro amigo. Zeca e João tinham sido colegas na escola e fosse pela amizade entre as famílias, pela origem comum, ou afinidade com a pintura, tornaram-se muito próximos e teriam continuado assim não fosse um período nebuloso na vida do pintor que o distanciara do antigo convívio. Sensibilizados, os familiares evitavam tocar no assunto, e comentar sobre a doença chegou a ser um tabu. Passada a fase aguda, os amigos voltaram a trocar ideias sobre a arte da pintura, fenômeno agora mais frequente apesar do torvelinho em que viviam. João desenhava o campo com seu trabalho: arborizava os alqueires do pai a quem um dia sucederia. Zequinha, a cidade... e seu delírio... chegara a confessar, em certa época, com um gracejo, do qual se arrependera. Ali o mundo era real. Ou seja, exibia o sem-cor da caatinga a maior parte do ano e o verde da fazenda era um pequeno oásis, perdido e achado no meio do cinza – trabalho do amigo, que se esmerava em dar um colorido às cercanias. Por sorte era tempo de chuva. Nos demais meses João fazia as águas subterrâneas aflorarem à terra por meio de catavento e, cultivando, devolvia à natureza o que fora desfalcado pelos excessos do homem. Tinha em mente o reflorestamento das áreas em escalpelo recém-adquiridas. Utilizava a semente nativa do cumaru, da aroeira e do cedro, madeiras quase em extinção. A mãe natureza recompensava, exibia ao redor da casa a inflorescência do flamboyant; rosa, amarelo e lilás do ipê e a pureza do pau-branco, com que sua avó adornava o santuário, meio às lampadinhas a óleo de mamona. Uma reverência ao recém-chegado era a exuberância de cores, que borrava, de carmim, o chão de terra batida do pátio.

— Oh! Xente! Parece que cheguei no Japão das cerejeiras em flor! —

A brincadeira do outro contrastava com a aspereza do cotidiano, motivo pelo qual alegrava a João a visita do amigo andarilho, conhecedor do mundo, diferente dele que fincara as raízes na terra, mesmo depois de tanto estudar. Acomodara-se com a mulher ao lado do pai, sem cogitar em deixar o lugar onde nascera, a Fazenda Caiçara. Essa convicção imprimia à vida pessoal o colorido exalado na pintura da terra. Porém a tranquilidade do sertão tinha curiosidade em ouvir as aventuras do outro, pois conhecimento de criança não se abandona. Zequinha chegara ali a pedido de seu Manuel, pai de João, que lhe encomendara "retratos" dos seus.

Em quatro meses iria comemorar os dois séculos da família naquelas terras, estendidas da Aratuba aos pés da serra das Caçadas. Isso explica em parte o motivo da alegria com que o pintor era celebrado. A outra metade era pela afinidade entre as famílias. Seu Manuel vai perguntando:

— Como vai compadre Tertualiano, seu pai, e dona Maroquinhas? Ainda faz aqueles bolinhos de milho de dar água na boca? — O que o outro confirmava, acatando de bom humor a reverência aos dotes culinários da madrasta. — Olhe que na minha festa é presença destacada a de seus pais! A casa é grande, deve abrigar pra mais de cinquenta convidados! Zeca aquiescia a tudo com um sorriso largo. Sua arte, além de ser o ganha-pão, lhe rendia amigos. Mas diga-se, o jeito amistoso era bem-vindo. João, por sua vez, escutava com atenção as experiências nos lugares que não conhecera. Saber como vivem as gentes é o que valia a pena viver. Agradava ao amigo a nova disposição do outro. Parecia recuperado completamente, graças a Deus. E relembrava com alegria o tempo em que Zeca chegava, apeava e ajudava no que fosse preciso. Agora que viera para passar umas semanas entregue à pintura, também se dispunha, como das outras vezes, a compartilhar as tarefas da fazenda, e já se prontificara a tocar o gado, solto na babugem, de volta ao curral. Era fim de inverno. Nessa época João tinha por hábito dispersar os animais. Economizava a ração para o estio.

— Tá pronto, companheiro? — Perguntou, terminando de entrançar as perneiras. E estendendo o gibão a Zequinha, escutou-o dizer que o tempo continuava nublado.

— Por isso mesmo quero o gado de volta ao curral. — Antes de ganharem a caatinga começara a neblina, coisa pouca, que foi engrossando, assim de repente. Horas depois de terem reunido os bois a chuva aumentara, avolumara o rio, a correnteza impedia a passagem do gado, foi o que averiguaram ao darem com a margem do Cangati. Os bichos estacavam. Aí João hesitou, deviam avançar? Será que os animais iam segurar o repuxo? Melhor esperar, sugeriu o amigo. Bem provável que o açude pros lados do Marajó tivesse arrombado a essa altura... Pois constataram que o volume estava descomunal para tão pouco tempo de chuva... Se fosse verdade o que conjecturavam, teriam que esperar... Entre o sim e o não resolveram aguardar. Num raio de sorte, quem sabe, a enxurrada passasse. Com o aboio repetido, os bichos acabaram se acomodando. Os mais afoitos se metiam na água.

— Aiôôôôôôô — cantava o boiadeiro e o gado voltava obedecendo. Dois fios grossos escorriam pela ilharga dos animais, abrindo na areia da margem uma fenda homogênea e contínua igual à de rodas de arame dessas que os meninos giram com uma vareta sulcando a terra.

—Não tem outro jeito compadre. É deixar o aguaceiro ceder. Ou pelo menos a correnteza se acalmar.

— De acordo, você manda, companheiro — disse brincalhão o Zequinha. Felizmente o leito tinha grande inclinação, o que aliás mantinha a superfície seca por todo o estio. A água escoava com rapidez. A lembrança da inclinação era a saída agora. Mas a chuva recomeçou copiosa. O céu parecia querer desabar. Não se viam dois metros à frente. A cortina d'água empanava os lajedos da margem, a mata inteira. E enquanto aguardavam a correnteza dar passagem, Zequinha apontou a copa crestada da árvore mais próxima pensando se tratar de um raio.

— João, olhe o estrago! Deve ter sido balão. Responde o outro:

— Nessa época do ano é só o que acontece. Sapecam tudo. Quanto aos raios, caem poucos por aqui. E temos um para-raios na capelinha da fazenda. — Tranquilizou. — A natureza é mais precavida que o homem. O estrago desse não tem conserto.

Está vendo aquela clareira? Desertificação... O homem relaxa na abstração de suas miragens, buscando o impossível e acaba desvalendo o que tem importância real – nossa terra. — João falava enquanto desprendia, com o canivete, da rama de melão de São Caetano que fizera um balseiro, os balõezinhos alaranjados de sumo que sorvia e oferecia ao outro, enquanto improvisava na raiz mais próxima de uma árvore anosa um lugar sob o abrigo da copa. O tempo passava e os dois entretidos na troca das notícias. E a conversa tomava rumo, enveredando para o dia em que perambulando em busca de cascas de árvore para tingimento, Zequinha acabou se embrenhando na mata.

— Rapaz, ficou gravado com a nitidez do risco na pedra — disse —, foi para os lados da serra, nas proximidades do Ipu. Nesse tempo andei ajudando na Fazenda Carrapateiras pras bandas da Umarizeira. Depois andei também fazendo uns trabalhos de pintura em casa. Queria ficar perto de pai. Me entreter, descansar da cidade. Sentia falta do cheiro de casa, do café torrado, do cereal trazido da serra, do grão novo. Era viver um retalho de infância, o aconchego de coisa conhecida. Já havia adiado essa viagem várias vezes pelo excesso de trabalho. Decidi ficar por ali, esquecer as peripécias na cidade. Como principiou realmente, ainda hoje não sei. Parece ter começado tudo com a luz. Uns entendidos falam em insolação. Há quem pense tratar-se de um delírio provocado pelo calor. Certo é que o dia anterior tinha sido de alguma neblina, chuvisco à toa. O tempo estava fresco. Na verdade era colheita do milho, e tínhamos que terminar antes que a água empapasse tudo. O algodão já estava a salvo, ensacado e estocado na casa de palha. Sempre que terminava uma colheita a gente comemorava, uma forma de agradar o pessoal – e todo mundo brincava, dizia prosa, tocava violão. Era tempo de junho, cortava-se bandeirinha preparando a festa junina. O papel colorido enfeitava o tijolo cru. Nesse dia me levanto com o espírito feriado, vontade danada de caminhar, respirar fundo o cheiro do mufumbo, do marmeleiro, do bamburral, coisa que não fazia há muito tempo. Assim ganhei o campo. Tinha em mente aproveitar para colher a manjerioba que minha vó misturava ao café pretextando efeito medicinal. Queria também presentear dindinha com a raspa de juá que dava brilho aos seus cabelos – era a vaidade de minha tia, ficar bonita para a festa. No caminho de volta, um cacho recém-caído de carnaúbas me fez parar, corro e apanho o fruto redondo antes que o vento espoeire a todos com aquela farinha fina de argila, vou mordendo a carne, adocicando a boca com o mel preto, e cuspindo fora os caroços, quando uma vermelhidão empana meus olhos. Penso se tratar de uma brincadeira, dessas de cabra-cega, estou com uma venda. — Seria Zefinha? — Brincadeira, moça! — Chego a exclamar. Moça nenhuma, logo caio em mim, estava ficando cego, penso, e levo as mãos aos olhos, ou pelo menos tento, porque meus braços se paralisam, cansaço medonho cobre o corpo. Desacordei por um instante, num átimo desperto, apreensão talvez. Antes de dar tempo pra pensar, vou tirar um cochilo embaixo desta oiticica, fui tomado de um sobressalto: estaria sonhando ou acordado? Perto do rio, me deito na areia fofa e úmida. Tento recobrar a lucidez. Uma claridade me impede a visão. A última impressão que guardei desse instante é a de um torpor. Devo ter dormido horas pois sonhei. Sonhei um sonho bom e acordei leve. Com o que, não me lembro com nitidez. Lembro apenas que acordei feito pluma, daquelas bem perfumadas de mulher passar pelo colo. Caminhava mal roçando o chão. Estava dentro do sonho, pensei, não vou parar de sonhar. Vou continuar sonhando. O caminho era bonito ladeado por cactos, que destoavam do resto da paisagem. Dos botões carnudos escorria um mel, parecendo de um cálice. E o vermelho me chamava como se dissesse "Venha cá, chegue mais perto", e a tal ponto que caminhava sem olhar para trás, só queria ir na direção do ar enfeitado de carmim e de cheiro, e quanto mais caminhava, mais me seduzia o odor e o brilho, já disse que não queria sair daquele sonho de vermelhidão e de luz que brotava de cada corola, como um favo dourado, logo eu acostumado à cor cinza da caatinga. E quando o caminho se faz sinuoso, ando naquele fiozão como um rio sobre seu leito em meandro, coleando aqui e acolá, embriagado de luz e maciez cobrindo o meu corpo num nunca terminar, mas a criatura não parece ter sido feita para as coisas eternas e só inventou isso para tapear a si próprio. Gosta mesmo é da efêmera ilusão. Pois essa eternidade toda já vai me cansando e num relampejar desarrazoado da razão descubro estar dentro de um túnel de cacto, sim senhor, olhava para um lado e para o outro, ancorasse meu pensamento num timo, só encontrava uma vereda e, fosse eu por ela, tinha que voltar e voltar sempre. Tentasse eu achar o caminho por aquela imensidão tudo era desperdício de esforço. Tinha me embrenhado em um labirinto. Tanto era o deserto de cacto que dava para saciar a sede de uma boiada de mil bois por uma seca de cinco anos, calculei excitado e apressadamente, mas sabendo estar nesse pesadelo sem fim, eu, que há pouco me esforçava para não sair do sonho, agora só tinha em mente escapar o quanto antes, rezava para desabrochar diante dos meus pés outro caminho, sem cacto, nem encarnado, dei para escavilhar o chão em busca de buraco onde me enfiar, até de tejo servia. Andei assim por muito tempo como um desembestado, sem dar por mim que o sol se punha e se levantava bem ligeiro. Com um rasgo de lucidez percebi que os dias se passavam num redemoinho de luz, escuridão e aurora. Ali o tempo era outro, entrara num turbilhão. Sem explicação para cada pergunta, cada vez que o céu ia escurecendo, a angústia crescia, se transformava em revolta. Nem sei mais se dormia. Devem ter se passado semanas e eu olhando para o chão à espera de que um milagre brotasse dali, de forma que a revolta foi se cansando. De tanto curvar o pescoço à espera de um encantamento das profundezas da terra, acabei empenado. Precisei improvisar uma tala de bambu para desempenar a figura. Pois quanto mais tinha me agoniado e me revoltado mais ficara estreito e complicado o meu caminho. Um dia em que estrebuchei cortando com minha navalha os troncos de mandacaru – na adolescência tinha fugido da fazenda para ser barbeiro no povoado – para achar uma passagem, talos mais grossos surgiram de repente deixando o caminho tão estreito a ponto de me sufocar e quando decidi optar pela conformação, mesmo sem virtude, mas como último recurso contra a iminente loucura, dei para falar comigo mesmo e dizer se acalme e me ouvia decidir, não vou me vexar pois estou destinado a ficar aqui para sempre sob as estrelas! Dito isso, não é que os dias começaram a voltar como eram antes! Céu azul e limpo e noite estrelada e, pensando bem, não sentia falta de nada e tampouco tinha fome e quando tinha sede cortava uma talhada do mandacaru e saciava minha sede com o suco delicioso que dele fluía. Assim passaram-se chuvas e sóis e trovoadas e tempestades de areia e vento. Via tudo zarpando sobre minha cabeça sem que nada ousasse me tocar, estava numa espécie de círculo mágico e ainda mais protegido pelos espinhos. Só sei do tempo, porque ao fim de cada dia espetava um espinho de cacto na manga, com a ponta para fora, depois na outra, e sempre assim, furei a camisa inteira, e quando a completei, espetei as calças e depois o chapéu. Nenhum dos bichos com que me deparava se atrevia a chegar perto, calculando ser eu talvez um exótico porco-espinho. Os semelhantes se respeitam. Foram tantos os dias, as luas, chuvas e estios que quando voltei fiz com os espinhos de mandacaru a tala de papelão de várias almofadas de bilros e presenteei-as à mulher que amei naquela minha experiência. Ela ficou feliz de não ter que mudar sempre as agulhas de lugar, assim ficaria com os desenhos que lhe viessem à cabeça, e riu satisfeita e perguntou onde achou tanta agulha? E riu mais ainda quando eu contei. Dizendo, por isso eu gosto de você, sabe distrair a gente inventando história bonita. Por muito tempo guardamos essas agulhas que não quebravam nem enferrujavam e faziam o bico e a renda mais bonitos que ela vendia na feira do povoado até para gente da terra, que é mais exigente no gosto. Para a estrangeira nem se fala...

Depois de completar a vestimenta de agulhas, os mandacarus foram rareando e foi dando lugar a um mato tão denso de folhas espetadas parecidas com essas a que se chamam no sertão croatá. Esses espetos apontavam para o céu, alguns furavam as nuvens e descerravam um véu luminoso, de onde caíam gotinhas de luz, embriões talvez de estrelas cadentes. Também guardei alguns desses pequenos objetos no bolso, de lembrança, para não dizerem que minto. Mas como a pedra era só bonita, valorizei o miolo da planta, pois as palmas abriam-se em um fruto carnudo, amarelado-laranja. À sofreguidão com que as devorava respondiam de forma cáustica, cortavam minha língua. Experimentei quebrar o talo de alguns e deixar secar ao sol, assim amoleceram deixando escorrer um sumo acre-doce, que me tonificava e lustrava a pele de ocre e meus cabelos de brilho, e quase não me reconheço no dia em que me vi em uma poça d'água, depois do susto de saber que por trás daquele bicho peludo era a minha cara sadia que estava ali. Desses espetos consegui puxar um fio tão resistente, depois de curtido ao sol, que minha mulher teceu com eles uma rede forte de sustentar de uma só vez nós dois, resistindo bem à energia do nosso amor. Voltando àqueles tempos posso dizer que, fora a primeira agonia da descoberta, nunca me aborreci nesses dias de luta. O meu cotidiano passou a ser todo um desvelar o fio e enrolar, como fora o tempo do cacto e posso garantir que o trabalho me entretinha como uma diversão. A cabeça replena de coisas boas – pensamentos sadios – pairava sobre meu pescoço naquela sequidão como a de um lagarto no deserto, em pleno equilíbrio do seu corpo, como sendo ele próprio feito daquele areal todo. Não tinha calor nem frio, era como se me isolasse da intempérie uma redoma gigante, dessas de envolver as santas na igreja e tudo zumbia melodiosamente ao redor de mim, gafanhoto ou mosquito sem atinar a presença da minha pele. Ou seja, o tempo me dava o de comer, o de beber, o de vestir e o de rir, porque quando começava a desfiar os croatás e agaves e a enrolar em novelos, minha percepção aguçou-se. Notei, já acostumado à contemplação das naturezas mortas nas paredes da casa grande, nas reproduções que eu fazia, que ali acontecia algo diferente: eles se remexiam como se estivessem sentindo cócegas, e quanto mais eu os desfiava mais eles se contorciam e retorciam, como desafiados, rebolando para um lado e para outro, tais meninas nas quermesses de São João dançam quadrilhas com o requebro das cadeiras. Em sincronia ao remelexo, soltavam melodias que o ouvido acostumado descobriu serem risadinhas de crianças. Parecia a natureza se rindo desse ser que queria tomar conta de tudo – o homem – e no entanto jazia à mercê dela. Quando vislumbrei num relance essa conjectura, apareceu no lugar da floresta de fibras uma multidão de pessoas caminhando em toda direção nas ruas de uma metrópole moderna cheia de prédios, carros, lojas e vendedores apregoando sua mercadoria. Caminhavam como se participassem de um grande jogo, num compasso que arrancou de mim a seguinte exclamação: Que harmonia! Eis a civilização! Afinal valeram a pena os anos de guerras, lutas, extermínios, tudo em favor do progresso, do aprimoramento da cultura. Mas ainda duvidando do que estava vendo, passei as mãos nos olhos. Acreditava ter caído em outro delírio. A vertigem por pouco não me joga no chão, não fossem os guidons de madeira que eu segurava no momento. Não, eu era real sim, constatava, e puxava com esforço uma carroça construída com gravetos e paus das estradas e onde acumulara durante anos a minha fortuna, os novelos macios de fios e os espinhos. No entanto aquilo não era nada comparado ao êxtase do momento. Quase tinha jogado tudo para os ares tão deslumbrado estava. Mas caindo em mim, intimamente envergonhava-me da minha condição, sobretudo da minha aparência. Importava, sim, o que pensariam... Ocupei-me desse pensamento só por um instante, pois, para minha segunda surpresa ninguém parecia dar conta disso. Se me notavam, tomavam-me por um profeta, talvez, um lunático desses que estão na moda. A indiferença foi um dos tesouros amealhados pela civilização. Vive-se confortavelmente no anonimato. Foi quando me assustei outra vez, com um monstro medonho à frente, saído do vidro, e quase vou sacando de alguns novelos para atacar-lhe a cabeça quando me dei conta de ser eu próprio refletido às avessas. Por sorte ninguém parecia ver esse assombro, pois as pessoas olhavam o próprio umbigo. Pareciam flanar como se pairassem em uma atmosfera virtual. Umas visavam um ponto fixo na frente como se não houvesse nem direita nem esquerda, iam assim sempre com a cabeça para o alto. Pareciam representando a si próprias, no andar no vestir, no olhar, o que dava um ar de ilusionismo. Era isso o que queriam? Assim parecia funcionar. Parando um pouco, tive, em seguida, a ligeira impressão de estar dentro de um jogo. Ou seria um filme, teatro? Bobagem. De qualquer forma estava feliz de me sentir no meio de gente, como se se tratasse de um vício, embora nada pudesse dizer contra a minha vida passada. Com o espírito em chamas, sorria para todo lado, como aqueles que, ao descobrirem tardiamente a espiritualidade, querem a todo custo contagiar os outros, e nesse elã me aproximei de alguém para ter surpresa maior do que a que me proporcionou a vida entre os cactos, pois o homem me olhou com um olhar vazio como se lhe zumbissem os ouvidos. Não podia me compreender, não compreendia minha fala? Nada disso. Era somente um olhar de vidro. É ccgo, concluí penalizado. Mas ao observar outro e outro convenci-me de me encontrar agora em um estágio avançado da cultura, com o qual não atinava. Eu tinha passado anos nos matos, entre os bichos. Perdera o ritmo do avanço, o elo com a evolução. Pois não é que me encontrava na civilização do vidro!?! A sofisticação era o emblema desse tempo. As ruas brilhavam, passei a notar, as paredes espelhavam, tudo era liso e, no entanto, ao entrar no interior de uma loja vislumbrei, guarnecendo uma prateleira de joias, um ramo de bambu meio a palha – conservado como relíquia – objeto precioso de outra época.

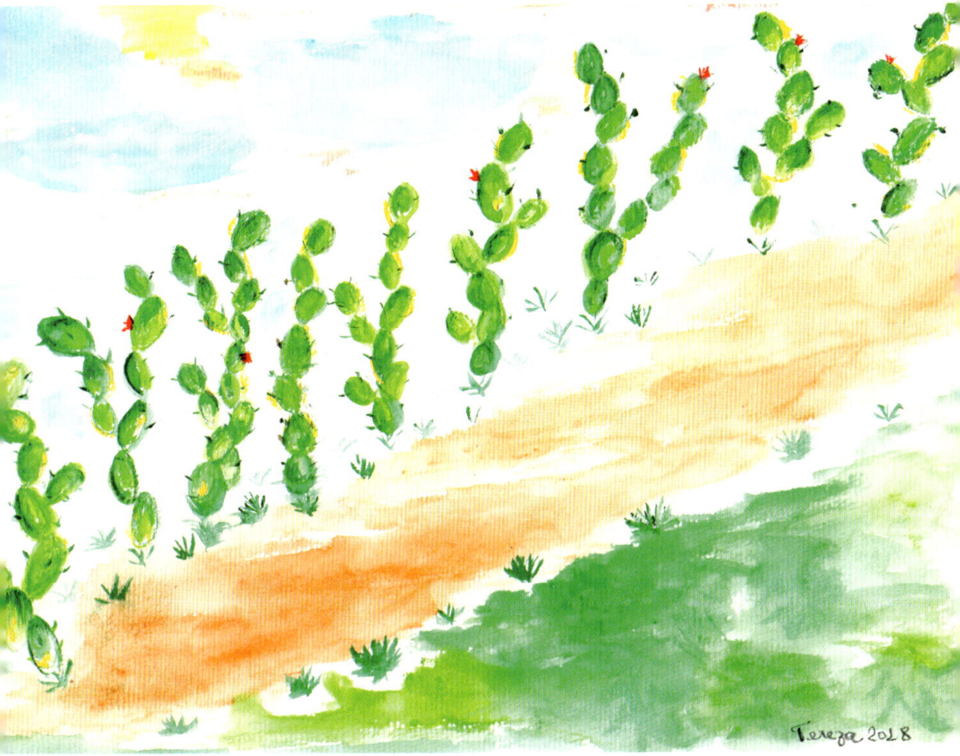
Tereza 2018

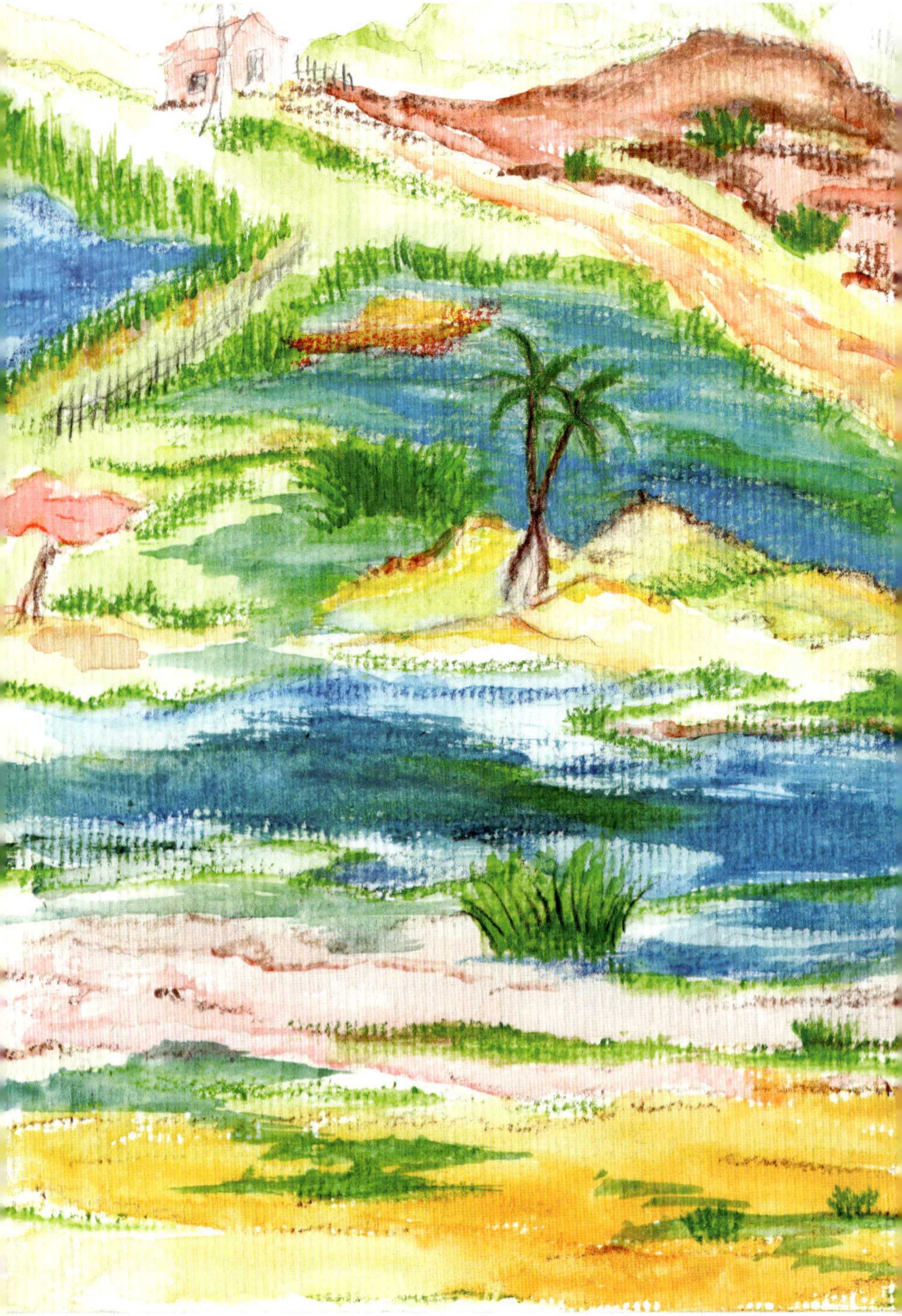

2015 Teresa

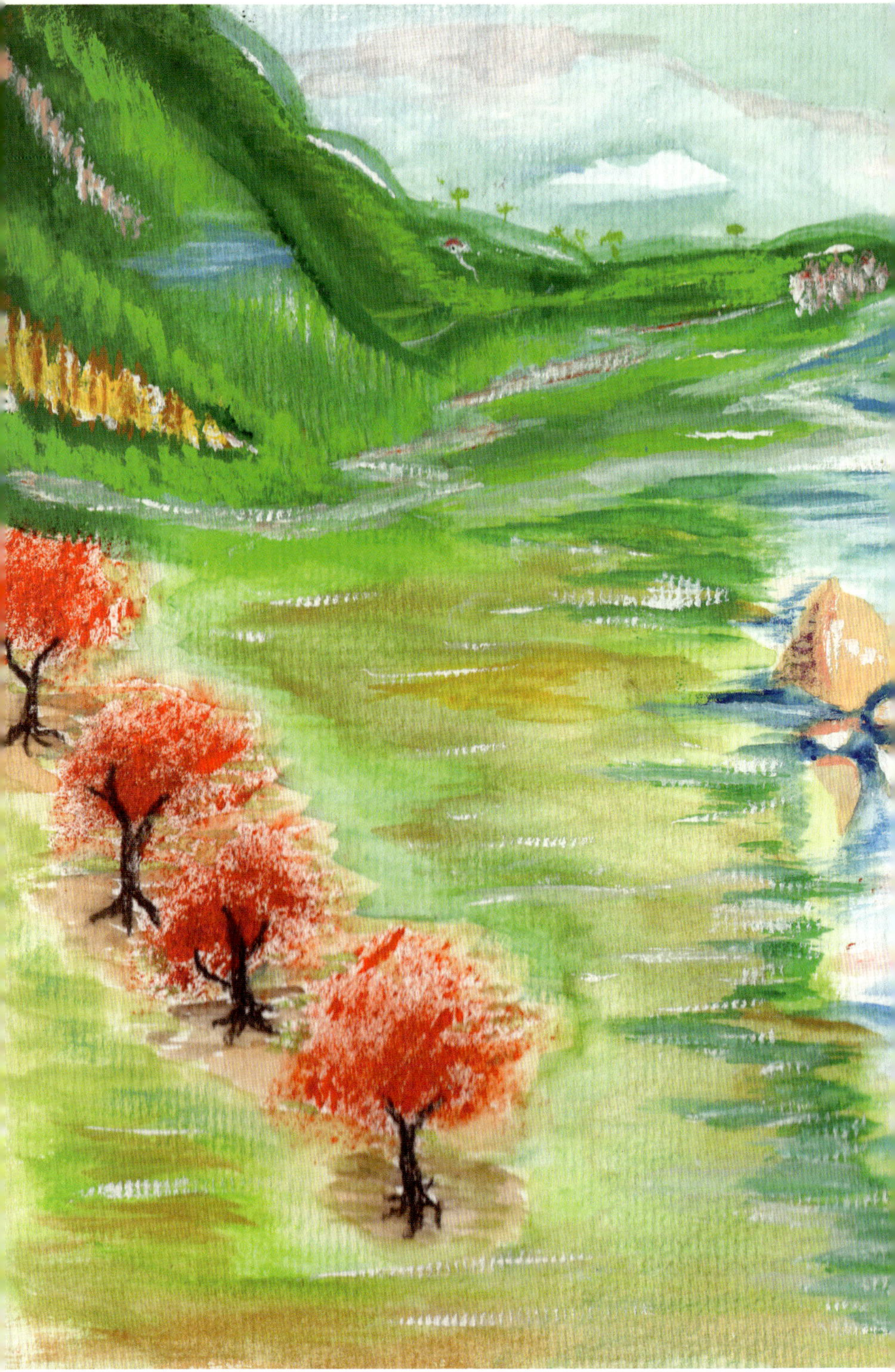

Тинга 2018

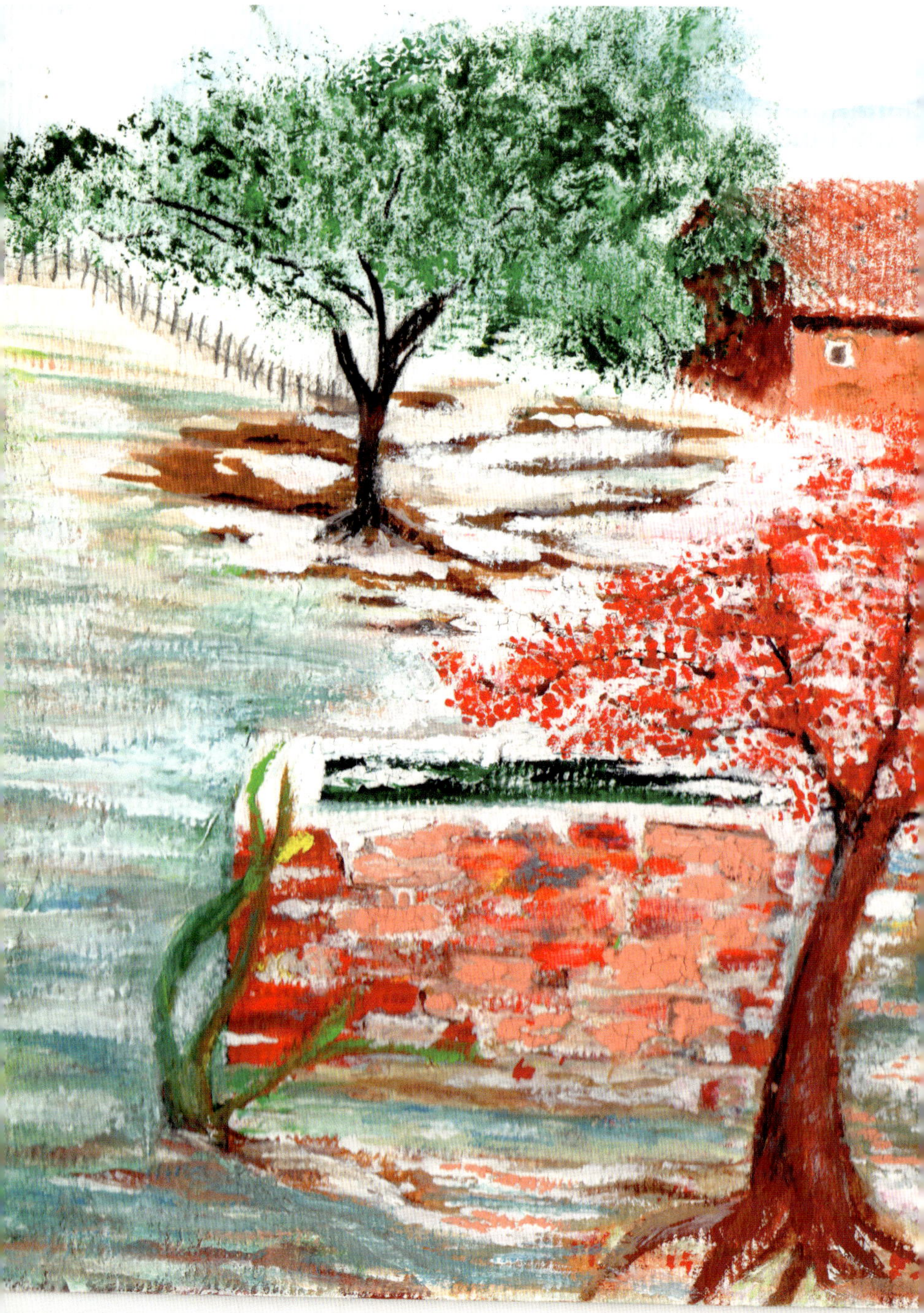

Tereza.2018

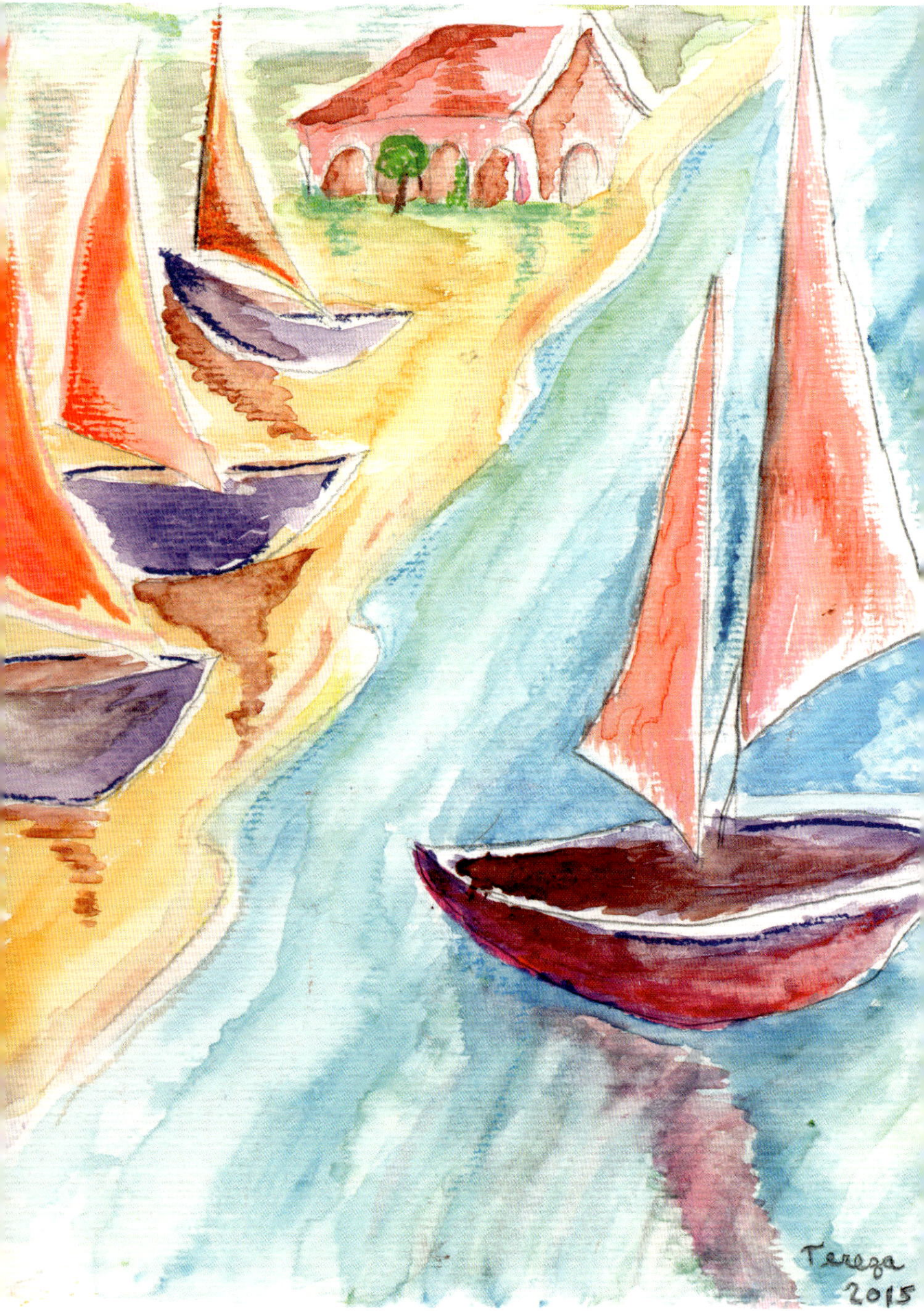
Tereza
2015

Faziam isso com certeza para lembrarem a vida de ancestrais. No meio do ouro e do bronze surgiam de repente lasquinhas de taquara aureoladas por vidro ou, ornando um cantinho, conchas e pedras, que, naturalmente vindos de longe, tinham lugar em um ritual. As ruas eram impecavelmente limpas. Nenhum inseto, nenhum animal doméstico. Enfim haviam chegado ao ideal do homem asséptico. Vitrificavam-se praças e logradouros sem escrúpulo nenhum. Escorregava-se para o mundo metálico, e não se sabia mais onde se tinha perdido a semente do homem vivo. As pessoas guardavam uma aparência impecável, reluzente. Seres translúcidos, plásticos. Chamou-me a atenção o fato de serem todos parecidos – me veio à lembrança a história dos soldadinhos perfilados na prateleira de um quarto de criança. Nesse ponto a cultura se superara. Exterminou-se o problema da cor. Tudo brilhava simplesmente. Enfim acontecera o milagre da homogeneização. Senti falta de crianças correndo, esses pestinhas turbulentos que atropelam os pedestres pareciam estar todos na escola. E respiro fundo. O governo cumprira a proposta educativa. Aliás, a educação em geral chegara a um nível exemplar. Equilíbrio total. Nem riso, nenhuma expressão que denotasse subjetividade, nenhum êxtase. Parecia apenas sutilmente que se tinha medo de alguma coisa. Mas de quê? Não se sabia exatamente. Silenciosamente investigava eu esse procedimento. Parecia, sim, abominarem a diferença. Abdicavam da singularidade, notei. Bom, mas que jeito! Nem tudo era perfeito! Notei que não havia mais nada com que se extasiar. Tudo passara por laboratório. O ser de vidro já conhecera o mundo, o universo, o cosmo, ia às estrelas. Desvendara o segredo das coisas. Investigara o que havia de mais secreto. E o exibira à luz do vidro. Não sobrevivera o thauma, nada mais com que se encantar, a não ser com o próprio brilho. Por isso havia espelhos por toda parte. Para se compararem, mas só discretamente. Isso eles escondiam. Ninguém dizia se tinha fome ou sede, ou morria de tédio. Nenhum limite podia ser ultrajado, desculpe, rompido. Exercitavam a transparência. Talvez por saberem ser inútil buscar a espontaneidade – o desejo maior. Não havia espaço para ela. Quer-se o que não se tem, ficou claro naquela primeira experiência, depois de algum tempo longe do sertão. Mesmo na rua tinha-se a impressão de estar sempre em um salão de festas perto de gente limpa, bem composta. O vidro inventado há três mil anos tinha alcançado seu triunfo total, era o material adequado para a época, poupava as pessoas do contágio da pele, impermeabilizava a emoção, era cúmplice, protegia contra o assédio e cumpria o papel de delator, cargo dos mais credenciados. Combinava com o aço. Este também não deixava passar virulência nenhuma, nem os germes mais enfurecidos. Erguiam-se edifícios de aço, monumentos, lojas. Esse material gozava de uma credibilidade irrestrita. Por ser completamente incólume, nada o atingia. E por isso era bastante requisitado. Intrépido, tudo fluía na superfície dele sem o contagiar. Não deixava marcas como a madeira, aliás esta fora banida das praças, por ser corruptível. Protegera em época remota o humano com o calor. Deixava marcas do indivíduo, corações trespassados por flechas lembravam o mundo antiquado do amor sob a folhagem de um belo vegetal. Seu crime: a irreverência absoluta. Agora o mundo codificara-se. Pois era preciso facilitar a vida. E assim, esgueirando-me, dava conta dos avanços, das invenções, refletia, ponderava, relutava e concluí que a legibilidade era a lei absoluta. As mudanças foram muitas, mas nada escapara de ser registrado. No antigo lugar da árvore erigiram-se obeliscos em mármore, brancos e reluzentes, in memoriam com certeza.

Esses monumentos verdejantes de outros tempos haviam sido extintos pela alergia que provocavam. Scm árvores não havia florações que sujassem as ruas. Notei que ninguém espirrava mais. No universo asséptico era maravilhoso ver tudo funcionando como sob a magia de uma varinha de condão. Estava cada vez mais perplexo diante desse mundo novo, de forma que nem tinha apetite. Meu encantamento me levava a caminhar mais, queria me informar, conhecer, me entrosar. Com os croatás restantes havia saciado minha fome por muito tempo, mas a sede me obrigou a entrar em um restaurante e me lembrei de que precisava pagar. Ali não era mais o sertão para dar comida de graça. Providencialmente lembrei-me das pequenas joias chovidas do céu, enfiei a mão no bolso e de repente me vi rodeado por olhares curiosos cravados em mim como sobre um ser exótico. Enfim notaram-me, ou melhor, aos pequenos fragmentos de estrela que trazia. Perguntavam de onde elas tinham vindo. Expliquei em linguagem clara, mas nada pareceu compreensível àqueles que me ouviam. Apesar da falha no entendimento e no diálogo, continuava o olhar embasbacado, ou melhor, envidraçado sobre elas. E sem que percebesse, fui gentilmente levado, ou melhor, coagido com mesuras e salamaleques a seguir em direção do nariz, assim achei-me em uma casa luxuosa, igualmente espelhada e envidraçada e recepcionado com um requinte nunca visto. Fizeram-me deitar em almofadas, nutriram-me dos mais requintados manjares, meus pés tão calejados viram-se imersos em uma solução de sais e, em seguida, massageados com um unguento odorífico. Mas nesses instantes, já mesmo durante as abluções, comecei a notar que iam aos poucos me apalpando, diga-se, com uma maciez nunca vista. Senti mergulharem mãos ágeis nos meus bolsos, em busca de algo. Seriam os pequenos objetos reluzentes? Deslizavam com uma perícia os dedos nos panos das minhas calças, e sem que eu percebesse de todo, começavam a fisgar quase tudo do que havia colhido do chuvisco de estrela. Totalmente paralisado me vi diante de tanta diplomacia. Seria um jogo? Perguntei a mim mesmo. Convenci-me disso, certo de que depois iriam me devolver o que havia sido surrupiado. Deviam estar me testando, para saber como reagia. Estariam observando minha inteligência emocional, minha educação, o grau de compostura? Talvez. Não sabia realmente o que pensar, o que fazer. Sentia-me definitivamente tolhido, encarcerado por mesuras como um boneco preso a cordões, logo eu que era um ser livre entre os bichos do sertão.

Mas como medida de prudência, e nisso guardo a advertência do meu pai a respeito de um comportamento em uma situação inusitada. Justamente por não vislumbrar o que fariam comigo preferi me calar e entrar um pouco no jogo deles. Quem sabe não descobriria um ponto fraco. Prometi a mim mesmo: ficaria quieto. Minha paralisia me concedeu muitos dias de hospedagem. Pude presenciar como as coisas se movimentavam. Só não sabia quanto tempo mais ia aguentar nessa passividade, pois minha vontade era avançar e recuperar o que era meu. A custo mantive sob controle uma postura diante da rapinagem. Percebi que o comedimento era a tônica das grandes celebrações. Pude assistir a algumas. Dominavam as meias palavras, meios risos, alusões apenas, pistas falsas – realizava-se dessa forma a plenitude da vida vitral. Nenhum rasgo de verdade. Descartava-se essa vilã a golpes de esgrima nos jogos de palavras. Vigiavam e zelavam contra a inoportuna. Pois era imperativo manter sobretudo a ordem, a boa aparência. A hipocrisia era a virtude maior. Ai daquele que aparentasse um ar de felicidade. Os olhares fuzilavam o infrator. Vi um espatifar-se a minha frente. Desinfetavam os ambientes deste ser pestilento tão grande era a dor. Aquele que exibisse o mais inofensivo rasgo de alegria era levado ao cadafalso. Substituíam a felicidade pela convenção. Pois eram bons jogadores. O jogo preferido era o lance de palavras. Dava brilho a qualquer recepção e divertia a todos. Por outro lado, se alguém contava uma anedota mesmo sem graça era de bom tom um esgar no canto da boca, por segundos apenas, nenhum a mais. Controlava-se, espionava-se, delatava-se, tudo em surdina, abafado com almofadas. Cronometravam-se os gestos, o passo, o movimento, pois o perigo rondava e estava sempre à espreita. A voz, por exemplo, precisava ser absolutamente controlada. O preceito mandava falar sussurrando. Cantar e dançar constituíam atos blasfemos, e o grito, a profanação mais ímpia. Esse crime maior era penalizado com extermínio até o estilhaçamento. Penas menores como a extradição aplicavam-se àqueles que manchassem ou riscassem o vidro. Qualquer limite cortado era funesto à essência tão volátil daquela civilização. Ninguém podia questionar essa realidade. Por isso seu ocultamento ensinado desde a tenra infância como dogma de fé. Estava no catecismo. Uma criancinha era capaz de recitar de cor os preceitos. Mas também qualquer criancinha seria capaz de desmoronar o universo ao seu redor. Por isso o controle era a enteléquia do acontecer daquele mundo.

Domesticavam-se desde cedo estes pequenos seres. Romper as arestas da inquietação natural, torná-los úteis ao polimento da sociedade ensinava a Doutrina. A vigilância constante exigia um espaço próprio. Até tornar-se adulto, o infante habitava casulos em veludo macio, círculos acolchoados pois o vidro precisava expiar o seu pecado original – ser absolutamente vulnerável. Códigos secretos sobre este conhecimento eram guardados a sete chaves em *arcana imperii*. Só os sábios tinham acesso a ele. E para resumir a história aconteceu o que de pior podia acontecer a um estrangeiro. Por um acaso. Foi assim: no dia em que resolvi falar abertamente e reivindicar minha cidadania, ou seja, recuperar os objetos rapinados, o que me era de direito, meu anfitrião chamou-me a um canto, disse polidamente "Precisamos conversar" e contemporizou, desconversou. Segredou que aquilo era o pagamento pela sua generosidade, a hospitalidade em me receber. Com essa justificativa ficara eu embasbacado. Nunca tinha visto tanta cara de pau, ou seja, de vidro. Insisti no meu propósito. Ele também. Adverti. Ele também. Argumentei, o outro também. Enfim ele recuou, deu-me as costas. E eu, indignado pela indiferença ao meu apelo, e vendo a minha identidade ferida, segui o homem. Utilizando-me de toda reverência insisti mais uma vez. Ele não se virou. Na minha terra uma forma polida de abordar alguém é bater-lhe amigavelmente no ombro. Quem sabe um contato físico não tocaria aquele coração de gelo. Foi a minha última tentativa e vi o homem desmoronar a meus pés. Familiares já haviam me prevenido de que eu era uma pessoa desastrada, sem que eu desse atenção ao aviso. Creio que não preciso narrar a estupefação do momento diante de uma comprovação tão evidente. Estava visceralmente tocado com a extrema fenomenalidade da raça do meu anfitrião. Cai-lhe imediatamente aos pés, isto é, aos cacos, a suplicar, a pedir-lhe perdão, mas oh ironia – uma faísca de olhar – intervalo providencial no meu arrependimento – me arrancou daquele ato de contrição, pois ainda zonzo, vou capturando o som de passos cadenciados. Era o de um exército inteiro marchando contra o inimigo – eu. Eles eram rápidos, o que contrastava com sua essência. É mesmo a velha contradição...! Criados na ignorância da própria fragilidade, não conseguiam enxergar em mim um ser nocivo à sua perpetuação. Apesar de tudo, abdiquei por compaixão, de toda a plenitude do meu corpo concreto – um trunfo contra eles. Não ia lutar. Limitei-me a correr. Eles eram muitos, eu, um só. Eles pilotavam com agilidade as máquinas de última geração. Com medo de me ferir, mas também com medo de destruí-los, permaneci na defesa. Estava de consciência pesada. Aparava as investidas com os novelos ou então me desviava dos projéteis que lançavam. De repente ouvi um estilhaçar. Parecia o som de mil cristais, como se, em uma celebração, após um brinde, tivessem dado ordem de lançar as taças. Deduzi que o projétil lançado por um pelotão tinha errado o alvo e atingido o outro pelotão. Voara de uma só vez o front e a retaguarda e uma legião inteira brilhava seus cacos de luz naquele sol de tarde. Embasbacado parei e apreciei a triste cena. Que desperdício!

Acontecera que, sem se darem conta, hostes inteiras tinham investido contra si mesmos. Ofuscados com a própria luz haviam exterminado a si próprios. Enquanto os restantes voltavam embaçados para casa, consegui me aprumar de novo, respirar aliviado – admito cinicamente – voltar até a minha carroça e empurrá-la à procura de uma saída. No caminho dei com o responsável pela fatalidade, o general que comandara o exército contra mim. Estava entrincheirado, mas tão logo saquei sua estratégia, arremessei a esse último com um piparote contra o obelisco de uma praça, disso não me arrependo. E me vi remetido à areia morna e solta da margem de um rio onde caí em sono profundo. Quando acordei notei estar perto de casa. Voltara à vida normal. Salvara-me.

SOBRE A AUTORA

Foto: Maria Helena de Castro Pereira Roberto

TEREZA DE CASTRO CALLADO

TEREZA DE CASTRO CALLADO, autora de ensaios filosóficos sobre o fenômeno da Modernidade, entre eles o livro *Walter Benjamin – A Experiência da Origem*, ensina, atualmente, Filosofia na Universidade Estadual do Ceará (UECE). Foi professora de Língua e Literatura Alemãs na Universidade Federal do Ceará (UFC), tem pós-graduação em Germanística (1977), em Munique, concluiu doutorado em Literatura (1997), doutorado em Filosofia (2005) e pós-doutorado em Filosofia (2014,) na Universidade de São Paulo (USP), esse último com ênfase na Biopolítica. Coordena a linha de pesquisa "Walter Benjamin e a Filosofia Contemporânea", certificada pelo CNPq, e edita, desde 2008, o periódico de filosofia *Cadernos Walter Benjamin,* acessível no site **www.gewebe.com.br**.

CONTATO: mterecall@yahoo.com.br

Impresso em São Paulo, SP, em abril de 2018,
com miolo em couchê fosco 150 g/m² nas oficinas da EGB.
Composto em Muller Text, corpo 16.5 pt.

Não encontrando esta obra nas livrarias,
solicite-a diretamente à editora.

Escrituras Editora e Distribuidora de Livros Ltda.
Rua Maestro Callia, 123 – Vila Mariana
São Paulo, SP – 04012-100
Tel.: 5904-4499 / Fax: (11) 5904-4495
escrituras@escrituras.com.br
vendas@escrituras.com.br
www.escrituras.com.br